푸른사상
시선

90

# 아버지의 귀

박 원 희 시집

푸른사상
PRUNSASANG

푸른사상 시선 90

# 아버지의 귀

초판 1쇄 · 2018년 7월 23일
초판 2쇄 · 2019년 3월 8일

지은이 · 박원희
펴낸이 · 한봉숙
펴낸곳 · 푸른사상사

주간 · 맹문재 | 편집 · 지순이, 김수란 | 마케팅 · 김두천
등록 · 1999년 7월 8일 제2-2876호
주소 · 경기도 파주시 회동길 337-16(서패동 470-6) 푸른사상사
대표전화 · 031) 955-9111(2) | 팩시밀리 · 031) 955-9114
이메일 · prun21c@hanmail.net / prunsasang@naver.com
홈페이지 · http://www.prun21c.com

ⓒ 박원희, 2018

ISBN 979-11-308-1356-1  03810

값 9,000원

푸른사상 시선 90

# 아버지의 귀

세계는 우연히 온다

기다리는 것은

더디게 오고

기다리지 않는 것은

빠르게 지나간다

바라볼 수 없던

바라본 적도 없는

세계

벌써 기다리던 세상은

지나갔는지도 모른다

2018년 7월
박원희

| 차례 |

■ 시인의 말


## 제1부

| | |
|---|---|
| 용접 | 13 |
| 작업화를 신으며 | 14 |
| 유리창에 비친 의자의 저녁 | 16 |
| 만월 | 17 |
| 석산에서 | 18 |
| 눈이 오는 풍경 | 20 |
| 창자 | 22 |
| 대략 시인 | 24 |
| 상실의 계절 | 26 |
| 사하라 사막의 눈 | 27 |
| 가을 | 28 |
| 폭포 | 29 |
| 중앙선 기차가 산을 넘어가는 중 | 30 |
| 들꽃 잠자는 마을 | 32 |
| 개 | 33 |
| 목백일홍 | 34 |
| 벽소령에서 | 35 |

## 제2부

입춘(立春)                                        39

길에 대하여                                       40

동물병원                                          42

올갱이                                            44

습기                                              46

가을, 조문                                        48

쇄석에 관한 소고                                  49

장형, 죽음에 부쳐                                 50

축혼비(畜魂碑)를 지나며                           52

무제                                              54

고가에서                                          55

강구에서                                          56

몰(沒)                                            57

물레방아                                          58

사진                                              60

박새                                              62

문                                                64

# 제3부

고양이                           67

빙하기                           68

헐겁다                           70

라면을 먹으며                    72

나이                            74

이빨                            76

이사                            78

형(刑)                          79

오늘 감상                        80

올림포스 카메라                  82

금성 가는 길                     84

처제                            86

영운동                          88

봄꽃 놀이                        90

낙수                            92

이 순, 선생 생각                 94

미륵리 가는 길                   96

## 제4부

바람만 꿈꾸다                              101

황제내경을 보다가                          102

산전(山田) 가는 길                          104

거제도포로수용소 유적공원 관람기          106

살아 있다, 최근에                          109

안 섰다                                    110

아버지의 귀                                114

봉화에서 일박                              116

유골                                        118

낯선 곳                                    120

민들레홀씨가날리는5월,그날                122

무단횡단                                    124

한 70년쯤 사랑은                            125

푸른                                        126

오늘은 2015년 12월 28일                    128

꿈                                          130

■ 작품 해설 난장이가 쏘아올린 작은 공 – 문종필    131

제1부

# 용접

저 쇠붙이도 붙으려면 피눈물 같은 불꽃을
떨어뜨리고서
한 몸이 되어간다.

용접봉이 뿜어내는
붉은 눈물들이 모두 사라지고
한 몸이 되었을 때

하나가 된다는 것은

불꽃같은 심장을
마주 대고 불꽃놀이 같은 열정
피눈물을 흘리는 일이다.

# 작업화를 신으며

일하는 사람들은
발에서 꽃이 핀다.

작업화
안전화
고무장화

봄날 화창한 꽃들이 떨어져
바닥에 꽃무덤을 만들듯

일하는 사람들
발에는
꽃이 피고
가는 길마다 꽃자국을 찍는다.

밥꽃이 되고
삶꽃이 되고
희망꽃이 되고

사랑꽃이 되는
꽃다발을 만든다.

일하는 사람들은
날마다
고개를 숙이고
기도하는 마음으로
꽃다발을 묶는다.

# 유리창에 비친 의자의 저녁

뜰채로 거품을 건져 올리고 있는 독도횟집 주인이 서 있는 앞 유리창에 의자가 멈추어서 기도한다. 연신 독도횟집 주인은 거품을 건져 올린다. 아직 손님이 없는 독도횟집 안의 의자들도 빈 채로 혼자서 기도하고 있다. 독도횟집은 삼거리에 있다. 독도횟집 주인은 의자를 본 체 만 체 서서 뜰채로 거품을 건져 올려서 길 가운데로 골고루 뿌리고 있다. 신문은 이미 아침에 도착해서 저녁이면 쓰레기가 되고 문자로 주고받은 소식이 그저 새로운 소식의 밑받침이 되고 있는 저녁. 점심 지나 문을 열고, 청소하고, 어제의 소식인 신문을 읽고, 활어가 살아서 도착하기 전에 뜰채를 들지 않던 독도횟집 주인이 뜰채를 드는 것은 활어차가 지나간 다음. 유리창에 비친 의자의 저녁이 왔다. 바람도 없다. 거품을 거두어도 힘겹게 온 활어들은 계속 거품을 불어내고, 저녁이 온 줄 아는 사람들도 입에 한가득씩 소문을 안고 삼삼오오 몰려와 활어처럼 점점 거품을 뿜어내면서 빈 의자들의 고독을 지우고 사라지면 활어도 하나둘 사라지고 빈 의자의 고독도 거품을 건지던 뜰채도 어둠 속으로 손을 놓는다.

# 만월

한 사내가 죽었다.
상처뿐인 한 세상이 함께 영면하는 밤
달이 떴다.
행여\*를 메지도 않고
달구질도 하지 않는데
뻣뻣한 영혼이 말이 없다.
누군가 말해야 하는 세상
말하고 싶은 세상 한가운데
달이 떴다
한 사내가 죽고
그림자는 달에 남았다.


\* 행여 : 상여.

# 석산에서

어떻게 죽을까 생각하다가
저 산처럼 죽자 했다.

구멍 뚫어 화약 한 움큼 집어넣고 펑펑 튄 후
저 산처럼 없어지기로 했다.

아무 데로나 돈 주는 곳이면 팔려 나가기로 했다.

어떻게 살까 생각하다가
저 산처럼 살자 했다.

몸뚱이 하나 가릴 곳 없어
잇몸 드러내고 사는 이빨처럼
토피*하고 뻐드렁니처럼 불거져
모난 놈이 정 맞으니
정이나 화약이나 맞으면서
그렇게 살기로 했다.

맞은들 아프기로 하면 떨어져 나간 토피만 할 것이며
떨어져 나간들 반편이가 된 산만 할까 하면서
살기로 했다.

오늘도 질퍽한 어둠이 오기 전
발파가 한 번 더 왔다
먼지가 오르지 않는 신공법의 발파는
조용히 산을 낮추고
버그덕 버그덕 장비가 오르고 있는
상처투성이의 산속에서
면벽승처럼 머리 들이박고
바위를 뚫고 있는 드릴의 아슬아슬한 곡예를
덜덜덜 덜덜 떨고 있는 것을

* 토피 : 발파하기 위하여 벌목하고 암반이 보일 때까지 흙을 퍼내는
  일. 현장에서 쓰는 말.

# 눈이 오는 풍경

회전교차로 소나무에 눈이 내렸다
회전교차로에는 현대사처럼
염화칼슘에 녹은 눈물이 흐르고
보도에는 미끄러지지 않으려는 사람들이 길에 매달려 간다
도시는 하수구가 흘러가는 보이지 않는 통로를 따라 먼저
눈이 녹고
가게 앞을 쓸고 있는 사람은 여명이 있지도 않은 겨울을
버티느라 허리가
휘었다
매일 그늘이 있는 일용직 사무실 간판 앞에서
사무실로도 들어가지 못하는 사람들이 즐비하고
회전교차로 가운데는 소나무가 눈이 쌓인 채로 하얀 신호
를 한다
무한정 도는 눈이 오는 길 중심
오늘은 일기상 하얀 막걸리로 세상에 냄새를 피울 것
건너편 골목에 이모집 간판이 먼저 연탄불을 피우고
현대사처럼 염화칼슘이 지나간 눈이 흐르는 물을 건너
무단 횡단하면

하루를 공전하는 회전교차로를 지나

일당도 없는 이모집을

오늘 들어간다

하얀 눈이 날이 밝아지면서

물이 흐르고 있다

# 창자

돼지를 잡아 창자를 뒤집어보다가.

어머니 말씀

[저놈의 뱃속에는 무엇이 들었길래—]
생각났다

대학을 나와 룸펜 소리 듣고,
직장이라고
떠돌이 영업을 하고 돌아오는 길
저놈의 내장처럼 길고 긴 길을 돌아오지 않았나

돼지를 잡아 위장을 뒤집어보다가

어머니 말씀

[저놈의 머릿속에는 무엇이 들었길래—]
생각났다

왜 났는가? 왜 살았는가? 왜 살고 있는가?
오소리감투를 벅벅 문지르고 있는 바닥에서
동의보감에 사람 오소리감투는
서 말 다섯 되를 받는다고 했는데

이놈의 뱃속에는 흙 내가 난다. 풀 내가 난다

어머니 말씀

생각이 났다

시장 모퉁이를 화장품 가방 양손에 들고 오시는 길

"야! 야!
창자 다 눌어붙는다."

저 깊은 골목을 뒤집어보다가

# 대략 시인

무명 시인이라니
이름은 있고
시도 쓰니
무명 시인이라기는
그렇고

언제
시집 나오냐
하는 말에
출판사는 응대를 안 한다
할 수 없고

그 말
자비 출판한다 하자니
빚이 더 많은
주제고

꼴에
블랙리스트라고
명단에 올라서

그래
시집은 언제 나오냐
물으면

대답하는 말로
시가 덜 영글어
먹기가 뭣합니다
하고

무명 시인
아니, 대략
시인이
웃는다

# 상실의 계절

모두가 추락한다. 만유인력이 발견된 이래 추락하는 것은 날개가 없다. 날개가 있는 것들은 추락할 수 없다. 대붕은 어디가 끝인지 알 수 없는 날개를 가져 구만리 중천에서 피곤하고, 발정난 고양이는 밤새 운다.

나도 운다. 소리 없이 운다. 웃으면서도 운다.

뛰면서, 빠르게 달리면서도, 걸으면서도, 멈추어 서 있으면서도 운다.

징징 운다.

추락하는 것은 날개가 없다.

할머니의 이야기가 멈춘 이후, 우화는 잠들고 아이들은 학원으로 갔다. 감정이 없는 교과서, 참고서가 가방 가득 나온다.

다람쥐가 빠르게 숲으로 숨고, 내가 사는 마을에는 주소가 없다. 다람쥐 마을처럼 주소가 없다. 그러므로 편지도 없다.

이런 상술이 시가 될 수 있는지

그러는 사이 도토리는

쿵

만유인력은 쿵

# 사하라 사막의 눈

뉴스 한 편에 눈이 왔다

어울리지 않는 지상의 폭설

세상에서 어울리지 않는 것이 저뿐인가

사하라 사막의 눈

눈을 가지고 환경학자는 또 다른 이변을

눈을 가지고 어떤 학자는 자연을 말하고

눈을 가지고

눈을

가만히 보면 사막에도 산맥이 있고 계곡이 있고

언젠가 꽃이 피고 그 많던 겨울이 걷히면

사랑할 텐데

사하라 사막의 눈

가만히 세상을 들여다보는 거울

나는 사랑을 잃어버렸다

사하라 사막의 눈보다 먼저

녹아버렸다

# 가을

사랑을 모른 채 도착했다
문 앞 떡갈나무 바람도 없는데 낙엽 지고
쇄석장(碎石場) 기계는 세상을 잘게 쪼개고
그리움도 한세상 부서져 먼지가 된다

무엇이 그리도 급한지
쫓는 이 없어도 빠르게 숲길로 다람쥐는 달아나고
차가운 기계 소리
저 산 무너지는 발파 소리

소리를 질러도 들리지 않는 소음 속
하늘에 무전을 할까
한세상 키를 잡고 말을 해볼까

하늘은 높고 푸르고
가을은 쓸쓸히 저물어도
옷 벗는 떡갈나무
발아래 소식을 묻는다

# 폭포

침묵
떨어지면서
끝없이 끊임없이
쏟아지는
침묵

말하지 못하는
말할 수 없는
알아들을 수 없는
추락하는
언어의
침묵

어디선가
어디서도
쏟아지는
몸서리치는

침묵

# 중앙선 기차가 산을 넘어가는 중

기차가 산을 넘어가는 중이다
둥글둥글 터널을 돌면서
소백산을 넘어가는 중이다
깊은 동굴을 지나가고 있는 중이다

귀가 먹먹해지고 있는 중이다
지하의 갱도처럼 안간힘 쓰고
침을 삼키며
기차가 넘어가면 만날
사랑가를 생각하는 중이다
기차가 산을 넘어가는 중이다
무럭무럭 자라는 아이들의 시끄러운 놀이가
터널의 어둠 속에서
지속되고 있는 중이다
기차가
산을
넘어가는
중

산을 휘감아

지하의 백두대간을

지상의 숲이 알아먹지 못하도록

두둥실 하늘로

다시 지하로

남으로 북으로

넘어가는 중이다


저 먹먹한 세상을

뉴스도 끈 채

아이들의 시끄러운 놀이 속

부채로 남은 세상을 끌고


중앙선 기차가 죽령을

깊은 산맥을 넘고 있는 중이다

# 들꽃 잠자는 마을

사랑을 몰라 물들면
조팝나무가 될까
[들꽃 잠자는 마을]이라는
카페 앞
커피는 검은 곳 흰 수증기를 부리고
산수유 조팝나무
기다림의 번열로
꽃을 피운다
여주에서 양평 가는 길
개군인가 하는 마을
차는 많고 인적은 없는
길에서
봄바람에 신난
나무가
이미 문 닫은 카페 앞에서
꽃을 피운다
오랜 기다림에
새겨진
마음을 단다

# 개

　나는 개의 종류를 모른다. 입술이 큰 그 개는 누런색 털을 가졌다. 나는 그 개의 이름도 모른다. 그 개는 밥그릇을 핥는다. 점점 감겨진 목줄이 겨우 밥그릇에만 큰 입술이 가닿는다. 나는 그 개의 고통을 모른다. 너무 짧은 목줄이 배변을 그 옆에 하게 하고, 그 옆에 앉는다. 의연하다. 그 개의 친친 감긴 개줄 막대기를 풀면 그 개는 나와 근접할 수 있다. 그 개는 밥그릇을 핥는다. 식식대며 나를 바라본다. 입술이 유난히 큰 그 개는 머리를 밀며 나를 향한다. 나는 그 집에 세 들어 산다. 그 개도 나의 주인일지 모른다.

　자기 밥을 유난히 잘 챙기는

# 목백일홍

그래
뜨겁지 않은 날들은 가라
내 생애의 절반은
벗은 것처럼
세상에 나와
한설을 견디고
이파리보다 꽃을 더 많이 단
바람난 날
태풍이 와도
한 잎 떨구지 않으리라
비가 와 무성해도
더 크지 않으리라
무장 와서 수행하는 그대들의 날보다
뜨거운 날
하루도 지치지 않고
피었다가
모두 떠난 그날
나는 이파리와 함께 지리라
뜨거운 날이 가면 소리 없이 지리라

# 벽소령에서

나 벽소령에 부는 바람을 보네
나 벽소령에 빛나는 달을 보네
나 벽소령 떠나는 구름을 보네
그리운 이 모두 떠나가는 밤
홀로 남아 벽이 되어 깃드는 그대
백두대간의 끝자락에 몸담고
꽃잎으로 낙서를 쓰네
나 벽소령에 빛나는 별을 보네
달빛에 작은 별 사라지고
큰 별만 떠 하늘을 사르는 밤
나 벽소령에 깃들지 못하고 떠나는 벽들을 바라보네
천왕봉 떠나 백두로 떠나가는
산맥을 보네
사랑을 쓰고 싶은 사람들 사랑으로 깃들고
벽은 나 하나로 족한
벽소령의 울림을 듣네
그리움이 묻는 세월을 보네

제2부

# 입춘(立春)

달래 먹어보드래요
봄이 와서
산에 갔드래요
아주마이 달래 먹어보드래요

해는 따시고 봄이 온다

창문을 열고 살며시
묵은 사랑이 들어온다

# 길에 대하여

장식이 너무 많은 세상

"자연의 길은 직선이 아니다."
하고
동물 다큐멘터리 내레이션이 나오는
깊은 밤

우리의 길도 직선이 아니다.
하고
늦은 밤
길에 대하여
생각을 한다.

모든 것들의 행적에 관하여 생각한다.

나의 유전자에 대하여

사바나의 누가 지나가는 강의 거대한 소용돌이 악어의 이빨

이 득시글거리는, 하나쯤은 희생을 각오하고 지나가는 행렬,
뒤를 따라 지나가는 얼룩말의 행렬.

  수학을 공부하러 길가에 늘어선 노란 버스의 행렬.

  "자연의 길은 직선이 아니다." 하고
  동물 다큐멘터리 내레이션이
  나오는 깊은 밤

  −잠시 후 2부가 계속됩니다−

# 동물병원

새해 벽두부터 동물병원에서 하루를 샌다

개가 고양이가

병원에서 짖고 울고

정신 사나운 조경용 소나무가 물끄러미 안을 들여다본다

이미 사랑이 떠난 도시에서

마음은 개나 고양이에게 주고 말겠다는 듯이

병원은 입추 여지 없고

아버지, 어머니는 안녕한지

나는 궁금하다

바람도 없는 캐리어에

들불같이 현란한 생각이 일고

밀실 안의 짐승들이 세상을 걱정한들

바뀔 리 없는 인간세상을

치료하고 나온 개가 무한히 바라본다

병원 밖은 바람이 불고

병원 안은 개 짖는 소리

고양이 울음소리

지나가는 바람에 조경용 소나무는 한쪽 팔을 내밀고 흔들고

시간은 인간의 마음을 지나 짐승에 이르면
동안거에 든 건너편 가로수가
차가운 겨울을 견디고 있다

# 올갱이

천천히 움직이는
올갱이를 잡는다.
천천히 잡는다.

올갱이
움직이지 않는 것 같은
저 멀리서부터 올갱이는
선을 그리며
더 움직이지 않는
바위를 타고
선을 그리고
나는
올갱이를 잡는다.

천천히
혹시 나는 움직이지 않는지도 모른다.
올갱이에 다가갈 수 있을까?

올갱이

저 멀리서 선을 그리며 여기까지 달려왔다.

나는
바위처럼 굳어서
올갱이를 바라보고
손을 가져가고 있는 중이다.

올갱이를 잡는다.
천천히
멍든 세상을 잡는다.

덜컥
바위가 올갱이를 떨어뜨린다.

바위가
세상이
흔들리는 소리가
난다.

# 습기

가난을 달고 세상을 옮기다
그늘을 만난 습기가 바람벽에 붙는다
결로
또는 결루
눈물을 흘리고 있는 벽이
겨울나기를 하는데
소통할 창이 없는 바람벽 달력이 젖어서
설날, 우수를 지난다

세상에 없는 바람벽 신파극이
검은 곰팡이 벽화를 그리고 있는
오늘의 화려한 일간지같이 원시가 된 눈에 알 수 없이 박
히고
습기 가득한 세상
분간할 수 없는 다리를 건너는 것처럼
내가 안은 부채들이 출렁거린다

바다가 된 벽

물줄기 흐르는 대로 강이 되고
산이 된
벽화를 한 줌 움켜쥐고
지나온 이력을 지우고 싶은
흔적 앞에서

내 호흡의 습기는 더욱 눈부신 그림을 그리고

지워지지 않는 거울 속의 눈처럼
나는 너를 바라볼 수 없었다

# 가을, 조문

생각나는 이
그리워

한없이 하늘 보고

뿌리 곁에 가까이 가는
가을

고개 들다 지친
해바라기

목을 접는다

조문 온 나비가
가볍게 앉아

귓속말로
노래하느니

# 쇄석에 관한 소고

얼마 전 내가 저 옆 절벽의 산이었던 것을 누가 알기나 하겠습니까? 지금은 그저 어딘가로 팔려 나가기만 기다리는 25mm 난쟁이의 몸이 된 것을 알기는 하겠습니까? 피비린내 나는 산속의 삶을 온몸으로 안고 새벽이슬에 놀라 깬 짐승들의 살이 와닿던 추억을 알기는 하겠습니까? 어느 것 하나 단단하지 않다는 것을 느꼈을 때는 이미 난쟁이가 되어버렸습니다.

물론 내 옆에 서서 흥정하는 이웃집 레미콘 회사 사장님은 구두에 먼지를 적시지 않기 위해 피하면서 이놈들이 단단해야 다시 잘 뭉쳐질 텐데 하는 말이 위안이 되기는 하지만 이미 뿔뿔이 흩어진 세상이 옛날 같기야 하겠습니까?

# 장형, 죽음에 부쳐

눈 내리는 역에서
다음 차를 기다리고 있는 사이
그는 죽었다
분노와 슬픔을 안고
그는 죽었다
눈 속에 묻혀 날아가는 그의 영혼을 위해
위로란 노숙했던 지난날의 꿈과 바꿀 수 없어
유서란 길에 흘린 지워진 발자국이다
사랑도
설움도
기쁨도
눈물도
눈이 되어 날리는 철도역에서
나는 그의 명복을 빈다
어디선가
화장장의 불꽃처럼 일고 싶었던 생이
활활 타오르고 있을

결국 재가 될 것을 안

그는 죽었다

죽음에는 이유가 없고

다만, 나는 믿음 없이

날리는 눈 속에 명복을 빈다

# 축혼비(畜魂碑)를 지나며

지금 하나로 있었던들 무슨 소용 있으리
죽어 무덤 되면 너의 살이 되리니
살아서 있었던들 무슨 소용 있으리
붙어 하나로 고삐를 움켜쥐던 아버지도
굽은 허리 펴지 못해
각궁반장 기침 소리에 밤을 새다가
'사람이 얼마나 아프면 죽니'
하고 묻던, 딸이 도착하기 전에 죽고
지금 하나로 있으면 무슨 소용이 있으리
가루 한 줌 서로 흩어지기로 결심하지 않아도
흩어지던 겨울처럼
움켜쥔 고삐를 놓던 날
삶도 흩어지던 걸 느꼈었지

아프지 않아도 죽어 남의 살이 되는
오후 도살장
축혼비를 지나 나는 오른다

산다는 것의 지척에서 죽음의 혼은 달래지는 것인지

살을 에는 바람은, 살균제를 뿜어내는 소독 구역을 차들이
지날 때

죽기 위해 들어오는 것들이 오그라들고 있었어


살아서 붙어 있으면 무엇하리


조금만 있으면 살육이 끝난 광장

하얀 도마 위에서

분리된 몸인 것을

# 무제

시가 바람이 나서 갯벌에 앉았다가 수장을 당하는 고통을 겪고 나서야 무섭다는 것을 알고 아직도 발아래 묻은 뻘이 물에 잘 씻기지 않고 있는 것을 보면 한번 무언가에 빠지면 발 씻기 얼마나 힘든 일인 줄을 알게 된 것만 해도 득도한 것일 터.

시가 바람이 나서 세상이 바람이 나서 뭔 뉴스는 농담도 하지 말라며 지구의 저편에서 비웃는 것을 보면 자유가 있기는 있는 것이라고 정부의 고위 관료는 말하고 싶은 기자회견장은 전달만 하고 이내 문을 닫는 자유.

아이들은 밖에 나가서 놀아라. 이 안의 일은 나에게 맡기고

시가 바람이 나서 이렇게 소설처럼 말해도 되는 건지 아직도 뻘*인지 똥인지 분간이 가지 않는 발이

시는 보이지 않고


* 뻘 : 개흙.

54

# 고가에서

어떠한 시간도 사라지지 않는다
문설주에 파인 자국들도
사라지지 않는다
모든 기억이 시간의 늪으로 들어가 눕고

조금씩 삐거덕거리던 영혼들이
시간을 불러 세운다

살아서 돌아온 것들이 안쓰럽다

따스한 아랫목에 손을 넣어라

# 강구에서

대게 파는 강구에서
나는 파도를 산다
밀리고 밀려온 바다의 끝에서
뭍으로 오르지 못하는 파도를 산다
올라서지 못하는 파도의 혀
우리들이 말 못하는 혀를
붙들고 무성영화를 보듯
저 세상 가득 그믐이 오고
대게들이 아우성이는 수족관
포충망에 걸리지 않으려고
저놈의 눈들은 옆만 보고 걸어갔을
심해
또는 강구에서
나는 강이 아닌 바다를 보고
칠흑 같은 어둠을 보고
말하고 싶은 파도를 산다

# 몰(沒)


봉정사 삼성각 불이 켜지면 삼성각 삼신할미 소원 풀러 오는데 무슨 일로 기와불사 요란하게 시린 마음을 잡는지 들판에 선 벼는 선 채로 상강을 기다리는데 씨앗은 보았는지 오고 가는 차들은 영국의 늙은 여왕이 지나간 길이라고 봉정사 간판마다 제 이름보다 더 크게 이름표를 붙이고 천년 지난 고찰이라고 불 안 날 리 없으니 구석에는 소화기 소화전이 먼저 참배하고 있는데 그림자 길게 비쳐지는 저녁을 지키는 개가 붉은 장삼을 입은 듯 있다가 기와불사 요란한 구석에 대고 왈왈

봉정사 삼성각 삼신할미 배고픈 저녁이 왔다고 왈왈

# 물레방아

명관식당
물레방아는 돈다
이 세상처럼 헛바퀴 돈다

물레방아는 돈다
물레방아를 돌리기 위하여
수중모터는 돈다

물레방아에 유혹된 사람들이
물레방아를 돈다

공이가 없어 폭발할 수 없는 총구
헛바퀴 도는 세상을 돈다

명관식당
수중모터
물레방아를 돌린다
숨어서 돈다

아내 없는 사람들이 한 배 가득
식당을 담고 나오는 입구

물레방아는 헛배 부른 사람들 사이를 돌고

물레방아를 돌리기 위하여
명관식당
수중모터는 돈다

# 사진

카메라보다
이빨이 먼저 터진다

봉함엽서를 받고
누군가에게 들킨 듯
바라보던 청춘의 날들

나는 없어진 시대의 철학을 듣고
시대도 먼저
이유 없이 이빨을 드러내 듯
죽어간 것들의 시체 위에 서 있다

그리고
이름 없이 있는 것들 앞에서 우리는
산다는 것이

아

사진을 찍는다
미라가 되어가는 피사체가 된다

미라가 되면서
웃는다

－김치－
하면서 발효된다

카메라보다
먼저
이빨을 드러낸다

# 박새

낡은 물차
미러는 나를 비추는 거울
바람이 와서 얼굴을 비비고
가면
세상이 웃다가 멈추는 산
소리

종긋한
작은 세상
바람이 가면 찾아와
거울에 온몸을 비추고 바라보는
박새

머리를 흔들었다
꼬리를 흔들었다
날아갔다
다시

돌아와 혼자 바라보다

날아가는
저세상

낡은 물차
산속에 혼자 남는다

# 문

　문은기억을가지고있다문의밖은기억의외면이고문의안은
기억의내면이다우리의아이들이거기서태어나고아내의기억
은사랑이다문의외면에는사랑이없다객관적느낌이중요해하
는시선이살아서문안을들여다보고싶은욕구문안은욕구가사
라진사랑이싹튼다온실에서자란생물들이문을열고나오면.결
국.

　문안이그립다.

　문안이라고하는것은부모님같다찾아가서무언가점을찍고
나오고싶은사랑이아무렇게나머릿속에서피어나고사라진다
문안은그렇다문의밖은노후하다기억을지우고싶은기억

　문밖이쓸쓸하다.

　아내와아이들이이미없어진문밖부모님이기억속의할머니
를안고잠들어있는문안

　문은기억이다

　문

　열리지않는기억속에자폐가되어가는

　사랑이

　문을잠그거나열고있다

제3부

# 고양이

창살이 없어지면
우주의 이력이 나타나지 않는다.

새끼 낳은 고양이를 잃어버린 오후
에미 고양이는 밥을 먹으러 나타났다
사라졌다

산다는 것이 우주의 법칙은 몰라도
들키면 달아날 것

우주의 창살을 뚫고 내리는 별
고양이는 담벼락을 체조의 요정처럼 타고
새끼 하나 물고 걷는다.

# 빙하기

한파주의보 속에도 강물은 흐른다
모든 강은 빙하가 되어도 흐르고
언 강의 기도도 흐르고
어머니의 기도도 흐른다
어머니의 기도는 얼음장처럼 불투명해도
환하게 세상을 비춘다
내일이 입춘이다
따뜻한 생각을 가지거라
아무리 추워도 따뜻한 날은 온다
네가 서 있는 산하가 엄동설한이어도
어김없이 봄날은 온다

모든 계율이 냉엄하게 차가워도
어머니의 기도는 항상 따뜻하다
활활 타오르는 연탄불을 갈면서
시대의 굳어진 구들장이
따뜻해져도
연탄은 차가운 정신으로 불꽃을 뿜어내고
자신이 연탄재로 변할 때

미끄러운 눈길로 쓰러지거나
수거차로 사라지고
거추장스러운 추억을 달고 없어질 뿐
어머니의 기도처럼 항상 있을 뿐
자신의 몸을 살라 세상을 덥히고 사라질 뿐

동면의 기억이
머물러 있는 곳은
어머니의 자궁이다
세상이 어떻든 아무런 관계 없이 평온했던
이미 지나간 세상은 오지 말아라
깃털 하나라도 화석으로 남지 말아라
어디 어머니의 기도가 간절해도 한번 그리움으로 남은 적
있더냐
저렇게 노구로 요양원에서도
어머니의 기도는 눈물로 흐를 뿐
빙하기의 언 강도 녹일 뿐
언제나 가슴에 응결된 북극의 빙하보다
더 강한 마그마 덩어리일 뿐

# 헐겁다


빡빡한 세상에서 나는 헐겁다
비아그라 씨알리스로 빡빡하게 채우고 싶은 세상에서
나는 성욕도 헐거워졌다

모든 것이 헐거워져
달리는 세상에서 가을낙엽처럼 모든 것들이 훌훌 벗어져
달아나고 있다

아버지, 어머니, 형제, 아들, 딸, 아내
친구, 선배, 후배, 동료
헐거워진 세상에서 하나씩 잊혀져간다

잃어버리고 있는 사랑
증오들
나를 도사리는 것들이 나를 조여와
세상과 나는 점점 헐거워진다

헐거워진 세상

들어가 꽉 박힐 곳이 없다
모든 것이 빡빡한데
헐거워진 나는 빡빡한 구멍에서 밀려나오고 있다

빡빡한 것들로 가득한 세상

나는 헐겁다

# 라면을 먹으며

오십의 중턱에 앉아
빈방에서
라면을 먹으며
아픈 이빨의 시린 통증을 만난다.

아직도 빠질 이빨이 있는
세월은
견딜 만하다고
생각하며
창밖 모서리 매화가 피는 것을
붉은 라면 국물에서
하얀 면발이 올라오는 것 같은
느낌의
봄
이라고

한껏 퍼 올린 시대가
라면 면발처럼 꼬불꼬불거리며
봄볕을 맞는다.

오십의 중턱
빈방에서 라면을 먹으며
사라진 것들이 무엇인가?

꼬불꼬불거리는
면발을 이빨 사이로 빨아들이며
사라진 이빨들은 어디로 갔을까?

시린 이빨이 아파하면
내가 소리를 내고
아직도 빠질 이빨이 있다는
시린 통증 사이로
국회의원 선거 플래카드처럼
라면 면발은 펄럭이고
끝나지 않은 선거처럼
이빨은 아직 아픈 날
2016년 3월 31일
라면을 먹는다.

# 나이

나이가 들면서 자꾸 불편해지고
민망해진다

돋보기와 근시경을 번갈아 쓰면서
보고 싶은 것들만 보이는 나이가 되어
편집된 세상을 하나씩 읽다가

문득

젊은 날 무시로 보던 하늘이
무서워졌다
바라볼 수 없는 세상이
무서워졌다

눈이 병들어 보지 못하는 줄 알았는데
마음이 병들어 보지 못하는 세상이

우르르르 우르르르

젊은 날의 기억처럼 몰려다니다
겨울 초입, 눈과 낙엽이 함께 쌓인다

# 이빨

이빨이 달아나려고 한다
어금니가
송곳니가
앞을 막고 있는
대문 이빨이 달아나려고 한다

그사이 구제역이 왔다

많은 이빨들이 몸속에서
내 몸속에서
물고 뜯고 있는 사이
서로 곪아 터지고 있는 사이
몇 발의 포탄이
머리 위에서 터졌다

사랑은 이미 키스의 기억을 잊었다
그대에게 다가갔던 기억도 잊었다

이빨이 달아나려고 한다

젊은 날은
사랑니의 고통으로 새우고
어둠을 가르는 슬픔 속에서
모두에게 사랑이고 싶었던

그 이빨은 병원에서 사라졌다

이빨이 흔들린다
깊은 어금니가
위장이 썩어가는 줄도 모르고
이빨의 아픔을 손가락으로
조금씩 흔들어본다

이빨이 달아나려고 한다

벌써 한 놈은 멀리 달아나버렸고
또 한 놈이 달아나려고 한다

# 이사

해방 때 여섯 살
어머니는 생이 가는 길을 잃어버렸다

이삿짐을 내리다

어릴 적 골목을 찾아 나가
큰길
성당 앞에서
어머니는 울고 있었다

나는 어려운 이사를 스무 번 한 것 같은데

어머니는 새로운 헌 집에서
"어머니, 아버지"
좋아, 좋아, 좋아

# 형(刑)

내 독을 비워 남의 독을 채우고 있다. 는
아내의 말이 들릴 때
그녀는 죽음에서 살아 돌아왔다.
나의 독을 비워
남의 독을 채우고 있는 삶인 줄 알았는데.
남의 독을 비워
또 남의 독을 채우고 있음을 깨달았을 때.
나는 이미 없었다.
나의 독으로 비워진
남의 독을 채우려니
방법은 없다.
빈 독들을 바라보고
있는
이
나의 형(刑)이여

# 오늘 감상

아침에 눈이 오더니 갈길 막아 오도 가도 못하던 세월이 설날을 넘기고 있다는 것을 알았다. 한 점 없는 구름이 언제 눈이 왔는가 싶더니 눈망울 파란 하늘이 동공을 달라고 쏟아질 듯 추운 오늘 하루를 뽑아 나는 내 마음의 그늘을 던지고 싶은데 주말마다 보는 아내에게서 전화가 울고, 오늘 실패한 것들에 대한 넋두리를 하니 해는 지고 있더라.

마음이 없는 곳은 바라지 말라던 어머니는 풍에 병들어 전화 누르기도 꿉꿉하신지, 눈이 많이 온 날 허리 꺾인 갈대처럼 저녁 석양에 머리 박고 있는 저윽한 내 마음을 보고 계신지, 소리 없는 세월은 저만치 또 오늘을 보내고 저녁이면 불을 켜는 도시에서 사느니 나는 제천시 송학면 무도리 몇 번지 그늘 같은 마음을 세고 앉아 있다.

나도 불을 켜고 싶다.

춥고 눈 오는 날 눈의 숫자만큼 반딧불이의 잉태를 꿈꾸고 싶다

아내가 첫 아이를 낳아주던 나의 지하실 셋방처럼 꿈꾸고 싶다.

아이에게 해주고 싶던 것 다 못해주고 살았지만 아이들이

기다리는 커다란 꿈을 풍선처럼 불어서 날리고 있는 것이 지
금이다.

　바라보지 않을수록 점점 더 커가는 것이 그리움이다.

　나는 다시 밤이면 지하로 간다.

　아내가 나에게 준 첫 아이의 꿈처럼

　나는 어쩌지 못하고


　첫 아이의 출근처럼

　나는 어쩌지 못하고

# 올림포스 카메라

젊은 날 아버지는
신화를 쓰고 싶었던 거다.
지나가는 세월을 잡아두고 싶었던 거다.
눈물자국 단단히 마른 말라서 담석이 된
담낭을 잘라내고
이후 신트림에
밤을 새우던 쓸개 없는 세월을
와신상담하고 있었던 거다.

젊은 날
아버지는
그리움을 찍고 있었던 거다.

꽃이 지는 것을 무기로
열매 맺힐 때 또 다른 시대를
벼리고 싶었던 거다.

담석으로 잘라낸 자리가 병들어
간을 다 도려내고도
서걱서걱 사막을 내딛던 세월을
남기고 있었던 거다.

간도 쓸개도 다 버리고
웃던 날

한 여생이 높이 둔
카메라

올림포스
신화 속으로 발걸음을 옮기고 있었던 거다.

# 금성 가는 길

금성 가는 길은 비포장이다

2006년이 지나는 길목에 화성에서는 사람의 두개골 같은
것이 보였다.
살인의 흔적이 있다는 몽매의 눈구멍 밑에 개의 그림자가
있었다
바다의 흔적을 찾는 일은 아직도 계속되고 있다
미국에서 보낸 우주선은 일방적인 통보를 한다
너희들이 보내준 모든 눈들을 동원해 나는 보고 있다

울퉁불퉁한 길 취업하지 못한 행인들이 아이스크림을 사
먹으며 황량해지는 도시에서 사막을 느낀다고 신문은 대형
광고판같이 활자를 들이밀고 비 오지 않는 사막에서 황사가
왔다. 이제는 모든 허공도 비포장이다 비행기도 바퀴를 내리
고 활주를 해야 허공을 더 다닐 수 있다.

모든 나라는 FTA를 해야 더 잘살 수 있다고
교회에서는 기도를 하고, 절간에서는 염불을 하고, 108배

를 한다

국회의사당, 미 대사관, 정부청사 앞에서는 무슨 일로 사람들이 모여 있었던 걸까

금성 가는 길은 비포장이다

거기에는 장모가 산다

검은 손에 호미를 들고 모종을 하는 장모가 산다
며칠 전 논을 삶았다고 전화가 왔다. 삶은 논에 대하여 나는 아이에게 물이 있으므로 아직 화성에 도착한 미국의 탐사선처럼 살인의 흔적을 찾을 수 있다고 말할 수 없었다

아직도 나는 금성에 간다
점점 더 태양에 가까워지면서도 등이 서늘하다

금성 가는 길은 여전히 비포장이다

# 처제

오랜 시간 암병동에서도
찾아가면 웃으면서
노래방 한번 가야지

산다는 것이 죽음에 이르는 길임을 모르고 살던
처제가 죽었다

죽음이라는 것이
새롭게 살아난다는 의미 없는
말을 하는
동서가

살아서
조문을 받는다

나는 안녕한가 하고 묻고 싶은 말을
가슴에 담으며

나는 처제를 묻고
향불이 타는 냄새를 맡으며 돌아선다

구름진 하늘이
왜 이렇게 환한지 모르겠다

# 영운동

이태리포플러 하나
그냥 포플러 하나
미루나무 하나
휘어진 달 하나
어머니

그렇게 기다리던 곳

언덕을 오르기 전
말 못 하는
벙어리 집 하나
언덕을 오르면 가게 하나
반장집 아들은 몸이 약해
업혀 나가던 곳

꽃이 피고
나무가 자라고
동생이 부쩍 자라 내 키를 넘보던

강아지 따라 나와 꼬리를 치던
고개

보리밭
논두렁
큰길
끊어질 듯 끊어질 듯
이어진 사랑이
있던 곳

미루나무 하나
포플러 하나
달빛 하나
나를 기다리는
어머니

# 봄꽃 놀이

아내는 틀니 하러 온 장모와
꽃구경 간다
아내는 꽃구경 간다
바람에 날리는 날이 더 많았던 꽃
아내는 꽃 나들이 간다
이빨 다 빼고
틀니 하러 온
이 악물고 산 세월 속에
하나씩 흔들리던 이빨 모두 뽑은
장모 손 잡고
꽃구경 간다
이빨이 없으면 잇몸

산다는 것이 꽃바람 날리는
날만 있었으랴

아내는 꽃구경 간다
이빨 다 빠진 장모 손 잡고

나도 꽃구경 간다
아내의 머리에 핀
하얀 꽃
뒤따라간다

# 낙수

수도가 고장 나 밤새 물 떨어지는 소리
폭포도 아니고
심심산천도 아니고
도 닦는 마음도 아니니
심란할밖에
문 밖은 엄동설한이 되어야 하나, 겨울비 내리고
집고양이는 수술하고 누웠고
슬픈 눈, 딸의 모습에 할 말은 없는데
시시각각
밤새 자격루는 싱크대에서
똑똑똑
똑똑똑 똑똑
똑똑 똑 똑똑똑
알 수 없는 혼돈의 어둠을 세고 있는 세상은
어둠을 겨냥한 시선
혹시라도
콸콸콸 혁명을 기대한 소리라도 생각나는지

막힌 변기는 차오르는 물을 혁명처럼 안고
넘치고 넘쳐
하수구로 흘러들어 결국
의식의 탈출구 정화조로 간다
또똑똑
똑똑 똑 도르르
저놈 자격루 세종의 시간을 바꿀 터
장영실의 시간을 바꿀 터
끝내 잠들지 못하고 고장 난 세상을
똑똑 똑 도르르

# 이 순, 선생 생각

가파른 길 오를 때
나를 부르는 소리
거기서 멈추어 서 있을 때
나를 지나가는 소리
아무것도 말하지 않고
아무것도 지시하지 않은 세월이
골목을 지나 큰길을 지나
모든 것이 가물가물해진 저녁
가파른 길, 내려오면서
붉은 노을이 멀리서 비칠 때
한 짐 싼 보따리
짊어지고 내려오며
선생도 책 보따리보다
삶의 보따리가 더 크다는 것

노을처럼 붉게 타오른
뜨거운 보따리

젊은 날 선생은 꽃 같았지
뜨거운 꽃
만지지 못하는 불꽃처럼
타오르고 있었지

그해 나는 군대 가고
돌아오니 선생은 없었고
지금도 가물가물 금방 어둠이 올 것 같은 석양 속에서
생각나는 것은

가파른 길 오를 때
왼쪽 어깨 조그만 가방 하나
오른손 보따리 하나

# 미륵리 가는 길
### ― 88년 종원이


그해 길은 멀었다


미륵을 아는가


나보다 먼저 간 친구가
기다리던 길에서
초코파이 하나로 득도를 묻던 밤


미륵은 있는가


길은 아득히 멀었다
고개 가운데로 희미한 중앙선이
질러서
먼저 간


도솔천


꽃은 떨어지고

땀이 식어 내리고 있을 때
흔들리지 않는 경계로
꽃은 아직도 있었다

나 보다 먼저
전깃줄에 매달려 간 친구가
조용히 전화 받는 꿈을 꾸다가

미륵리 가는 길은 멀었다

초코파이 검은 달처럼
먼저 서서
몸 풀어 보시하는 꿈속

먼저 잠든 세월을 딛고

형!

나 먼저 술집에서
잠들고 싶었어
길이 너무 멀어서

미륵은 가슴에 두고

꽃잎은 날리고 있었다

제4부

# 바람만 꿈꾸다

세모에 바람을 꿈꾸다 바람을 잃어버려 돌 밑에 잠자는 세상을 일으키고 싶어 수석을 들고 닦는다. 바람을 불러 눈보라 휘몰아쳐 폭풍한설을 만들고야 말겠다는 기세로 돌을 세우던 모래들이 우르르 물 묻지 않은 채로 돌이 있던 자리로 쓰러지는 것을 바라보며 공자의 도를 아는지? 버럭 화를 내듯 자리를 차지하는 작은 모래들이 한편으로는 측은하다.

아, 정치적인 하루가 지나가는데 그 정치적인 하루가 일 년의 마지막 날임을 사상의 누각을 나는 아는가? 사상의 누각을 나는 아는가? 사상(思想)의

문이 닫히는 소리를 들어야 도가 이른 줄을 아는 종소리가 요란하게 울리는 세모에 누구의 기도가 저리도 멀리서 들리는 것이냐, 저 돌덩이를 들어도 던질 곳 없으니 바람만 꿈꾸다. 모래들이 차지한 왕좌를 꿈틀꿈틀 흔들어 제자리에 놓는다.

# 황제내경*을 보다가
### — 통합진보당의 해산이 있던 날

눈이 눈으로 보이지 않는 길에서 나는 간다.

눈보라 가득한 숲에서 길은 느리고

좌측 팔이 아프면 우측이 힘들고

기억을 내딛고 있는

좌병우치의 험난한 치병의 밤을

어제의 눈보라가 밤하늘의 별빛으로 빛나는 시대

아들의 생일은 음력으로 오고

빛나는 세월은 양력으로 오는

혼돈의 기억 속에서

동지의 어둠이 온다

그믐을 지나 초승의 달은 언제 도착하려는가

눈을 눈으로 보지 못하는 세월을 바라보며

눈보라 가득한 세상


동지가 왔으니 해는 차고

달은 기울려는지

황제(黃帝)가

묻는다


백성들이 아프고 가련한데

어찌하여

기백(岐伯)선생이여

좌측이 아프면 우측을 돌아보아야 하는가



* 황제내경 : 고래의 의서.

# 산전(山田) 가는 길

― 고 이덕구* 산전에서


바람 불어도 흔들리지 않기로
하자
불러도 대답하지 않기로
하자

천남성
독기를 품고 자라도
꿈이 꺾이지 않도록 하자
꿈길에서도
영혼들이 지나가는 자리를 밟지 않도록
하자

누군가 말해도
누군가 불러도
우리는 모르도록 하자

눈 감고 가만히
앉아
세상을 느끼도록

하자
영혼들이 밥 끓이고 있는 솥단지
깨진 구멍으로
총알이 날아들어도 피하지 않도록
하자

산전이 없어지고
혼자 알아서 낳고 알아서 자라는
살아 있는 것들
바람 불면 쓰러지는 나무들이 있어도
저 풀이 끊임없이 자라도록
슬퍼하지 않도록
하자

이덕구 그리고 4·3의 이름 없는 사람들

산전(山田) 가는 길

* 이덕구 : 4·3 때 무장을 하고 제주도에서 항쟁을 했던 인물.

# 거제도포로수용소 유적공원 관람기

거제도포로수용소 유적공원
빛 속에 빛나는 거울처럼
생생한 기억 속의 마음처럼
그림자 같은 것
역사도 믿음도 모두가 그림자 같은 것
연극처럼 지나간 한 시대도 모두
빛이 없으면 사라질
그림자 같은 것

낮에는 입 다문 달맞이꽃 같은 것
죽령을 넘어가던 고라니 한 쌍 같은 것
언덕에 우두커니 서
백두대간을 넘던
산사람 같은 것

거제도포로수용소
소용돌이처럼 지나간
사람들이

우르르 우르르

달려와

빛 속에 한바탕 놀다 간 그림자 같은 것

죽어간 유령 같은 것

빛 속에 있다가

어느 어둠으로 사라지는 것 같은 것

거대한 환상의 그림자

거제도포로수용소 역사관 앞에서

나는 울을까

웃을까

그림자 발밑 폭염주의보로 정수리를 찌르고

가장 짧은 시간들이

남아서 아우성거리며

박제가 되어가는

밀랍 인형의 모가지

전망대 없어진 시간처럼

어서

어서

어둠이 오기를

어서 어서

다시 밝음이 오기를


뚜껑 없는 역사가 부글거리고 있는

# 살아 있다, 최근에

4 · 16
진도 앞 바다 물들인 통곡의 행렬을 보고
나는 수학의 공식처럼
노란 띠를 붙이고 애도하는 끝까지
살아 있다
슬픔의 끝은 어디인가
생각할 겨를도 없이
세월은 흘러 그들이 만들어놓은 배를 타고
우리는 흘러가고
세월은 같이 우리를 데리고
먼둥먼둥 눈을 뜨고
팽목항 앞바다
아직 살아 있다

# 안 섰다

남들은 다 세우러 들어가는데

나는
좆도 안 섰다.

남들이 다
모가지 세우고
줄 세우고
깃발 세우고

세우러 들어가는데

나는 좆도 안 섰다

열아홉 살 중앙시장에서도
나는
안 섰고

스물다섯 살
군바리
자갈마당에서도
나는 안 섰고

서른다섯 살
IMF 부도 난
북창동에서도
나는
안 섰고

마흔다섯 살
또 다른 위기
문 닫은 오정목 앞에서도
나는
안 섰다

평생을 다 세우러 들어가는데

군홧발 앞에서
줄 서기 싫었던
젊은 날처럼
지금도 난 설 수가 없다

환란의 줄기에서도
목숨을 연명하고
사기당한 한 세월이 서글퍼도
엉뚱한 길에 줄 설 수 없었다

바람이 부는 오늘의
민주주의가 실험대에 오른 날
나는 줄 서지
않는다

소경의 길처럼 멀어도
보지 않고 묵묵히 갈 수 있는
길은

줄 서지 않은 자유의 길이다

지식으로 줄 서고
권력으로 줄 서고
돈으로 줄 선

오늘도
나는 안 섰다

젊은 날
군홧발에 줄 서기 싫었던 것처럼

# 아버지의 귀

— 세월호 무상(無償)이라는 단어에 대한 명상

저녁의 귀가는 외롭다
사냥이 끝난 저녁 황혼을 몰고 온 사나이
안주로 계란을 먹었다
사냥터에는 사냥할 것이 없고 총이 없었다
돌아오는 길에 동냥을 나온 여인이
빈손인 사나이들의 저녁을 조롱했다


봄이라 꽃을 흔드는 바람은 시대를 거스른다
무상으로 나를 바라보지 마라
무상으로 나를 보기 위해서는 피지 않은 나뭇잎 다섯 장이
필요하다
꽃을 보기 위해 나온 아이들이 고개를 숙이고
나무 둥치를 바라본다


아직 피지 않은 나뭇잎은 사냥꾼을 조롱한다
사냥이 끝난 저녁
꽃들이 과녁처럼 떨어지고 있다

과녁들이 훨훨 날아다닌다

바람이 돌아와
귓불을 때리고 귓바퀴를 돌아 귀 끝에 머물러
'아버지'
부른다

"꽃이 떨어지기 전에 아버지,
아이들에게 아직 피지 못한 나뭇잎 다섯 장이 필요해요"

# 봉화에서 일박

기다리는 사람 오지 않고
장은 섰다. 졌다

파장의 그늘은 깊다

신시장 화장실 앞은 배추 장사를 끝내고 재고 정리하는데
너무 풍년이면 흉년만 못하다며
신시장과 신자유주의를 나는 떠돈다

그리움이란 그런 것이다.
온다던 것은 오지 않고

봉화 질러 흐르는 내에는 아직도 가시지 않은 은어들의
냄새가 나고
대도시 흉내 내며 지은 화장실은 있고

겨울을 준비하는 사람들이 한결 분주한 입동 이후
유동성 부족이라는 것이

봉화에는 인구가 움직이지 않는 것이라는 것으로 알고 있
는 것이다.


사람들이 다 떠나간 것 같은 고요가 더 자연스러운
봉화
신보수주의 신자유주의가 세상을 억누르는 것을 아는지
[FTA 비준되면 한우 농가 다 죽는다]
흐르는 대로 몸 맡겨 살던 사람들도 은어처럼 회귀할 수
있을까
아직 걷지 못한 플래카드처럼
회귀할 수 있을까


기다리는 사람 오지 않고
한 시대를 아무리 외쳐도
도루묵이 된 오늘


봉화에서 일박을 위하여
내가 할 수 있는 것은

# 유골
### — 양민 학살 발굴 현장

엉킨 뼈들이
고무줄의 생생한 기억을
허리춤에 남기고
광목 적삼 녹아내린
살점들 흙이 되어
총구를 피하고 싶은 시간을 지나
하나씩 하나씩 살아 나오고 싶은
염원들이
번호를 붙이며
호명하는 대로 살아 나오고 있었다
기억이 있다면
머리에 생긴 분화구
갈비뼈를 갈라놓은 탄흔
현대사를 기록하듯
노트북 피씨에서
사진 속에서 기억을 묶는다
줄줄이 끌려 들어가
일렬횡대로 줄을 세우던

가슴을 겨누던 눈빛들은
총구를 뚫고 나가
흔적없이 사라지고
누구인지 모르는 뼈들이 DNA를 안고
그대 부르고 싶은 이름들 모두가
침묵으로 눕는다

그때처럼 다시 횡대로 눕는다

# 낯선 곳

낯선 곳에서 버스를 타고 간다
시내도 아닌 곳에서 시내버스를 타고
더 낯선 곳으로 간다
목적이 있는 목적지는
나와 같은지 의심되지만 목적지의 물음표만
머리에 남기고 나는 현대사처럼 흔들린다

목적지
목적은 있는 것인가
혹시, 존재하지 않는 목적 속으로 거대한 뿌리*를 내리고
있는 핵무기처럼, 미사일처럼, 방어를 의심하고 있는 사드처
럼, 우리의 몸뚱이에 뿌리를 박으려고 하는 것처럼

낯선 곳에서 환승을 한다
짝사랑은 끝났다
낯선 의심도 끝났다

이미 모든 시내버스 행로는 시내로 향하고

그 뿌리들은
나무들이 버티기엔
너무 흔들렸다

나는 낯선 곳으로 가면서 낯설지 않다
핵무기, 미사일, 사드처럼

이미 강정**에는 전함이 정박해 있고

우리는 가만히 있어도
낯설어진다


* 거대한 뿌리 : 김수영의 시 제목.
** 강정 : 제주도 해군기지가 들어선 마을.

# 민들레홀씨가날리는5월, 그날

그날

모두죽었다죽어있었다

살아있는것이라고는없었다

그날

민들레가거리를날아다니는날아까시꽃을달고벌을유혹하고있는사이모두죽었다

독배는향기롭고유혹을당하기에충분한색을가지고있었다

사랑했다

모두. 혁명을사랑하고꿈을사랑하고죽음을사랑하고

그러므로모두죽었다

스물스물망초는올라오고

대파의뿌리는얕아도씨앗은많은열매를만들기에충분하다

그러므로대파도훈장만그럴듯하게달았던기억만남기고죽었다

5월은그렇다

모두죽음으로맞이하고나도같이죽는다

4월도그랬다

3월도기지개를켜다죽음의냄새를맡았을뿐

꽃이라는이름의느낌을이야기했을뿐

모두죽었다

산것도산다고할수없고죽은것도죽었다고할수없는5월

바람이불어와빛바랜민들레홀씨만날리고

있다

# 무단횡단

송경동 시집 『나는 한국인이 아니다』를
사서 들고 나오다
무단횡단을 한다
여기는 대한민국 법치국가에서
나는 법을 어긴 것 같고
나도 또한 한국인이 아닌
것 아닌가
아직 시집 표지도 넘기지 못하고
같이 무단횡단을 하는
송경동 시집

# 한 70년쯤 사랑은
— 통일론

밖에서 문을 잠그는 사람이 있소
밖에서 소리 지르고 있소
밖으로 나오라
밖에서 문을 잠그니 나올 수 없소
나올 수 없으니
답답하기도 할 뿐이오

안에서 문을 걸고
들어오시오
하고 있소

문은 참 편하오
밖과 안을 골고루 사랑하여
문은 열리지 않고

문은 그냥 있소
한 70년쯤

# 푸른

평등의 푸른

파란 하늘을 보고
푸르다

녹색 산을 바라보며
푸르다

파란 바다를 바라보며
푸르다

흐르는 강을 바라보며
푸르다

고여 있는 물을 바라보며
푸르다

나무를 바라보며
푸르다

세상에서 멍든
가슴을 생각하면
푸른

온 세상의 푸른
평등이여

# 오늘은 2015년 12월 28일
— 한 · 일 위안부 협상 타결에 부쳐


다시 찾아온 국치일 같다

나라가 없어져 어린 딸들의 그것까지 유린당한 역사를 팔아먹은

오늘은 추웠다

경술년 그날도 백성들은 아무것도 모르고 매국노들이 팔아먹은 조국에서

땅을 갈고 있었다.

그날처럼 나는 일용직 근로자로 주민등록증을 들고

하루살이 일꾼임을 알리고 시키는 대로 일하고 오는 길

날은 추웠고, 내일 일용할 양식이 될 하루 일을 보장받을 수 없듯이

또 위정자들은 잔뜩 가려진 협상을 끝내고

'이것이 최선이다' 라고 말하고 있는 앵무새 대변인을 뜬눈으로 보고 있다.

을씨년스러운 바람이 분다.

위안부 할머니가 '나에게 물어봤어? 하는 말이

허망한 유언처럼 들리고 있는

오늘

다시 찾아온 국치일 같다

위정자가 백성을 위하지 못한다면

백성은

엘니뇨를 타고 훈풍이 불던 날이 가자

추위가 왔다

아침에 모여 드럼통 모닥불에 몸 달구며 뱉었던 격한 욕들이

자꾸 목구멍에서 맴돈다

내일은 양식이 있는지


우리들의 땅은 안녕할 수 있을까

# 꿈

오늘이 6 · 25
내 생일날

휴전선 뚫고 남으로 오는 물줄기 있으니 물고기 되어 상류
로 북으로 가련다. 소통되는 물길이 있으니 떠나보련다. 세
찬 역류 뚫고 여기까지 왔으니 저 거센 폭포의 소리를 깨고
올라가보련다. 소통하고 사랑하고 살아야 할 물이 있으니 나
는 가보련다.

한탄강 상류
재인폭포*에서

나는 꿈꾼다.

---

* 재인폭포 : 경기도 연천군 연천읍에 소재하는 폭포. 광대 부부의 슬
  픈 전설이 담겨 있으며. 한탄강의 상류로 북에서 내려오는 물이 장
  관을 이루며 용암 대지가 만든 분지로 떨어지는 곳. 민간인이 볼 수
  있는 한탄강 최북단의 폭포.

# 난장이가 쏘아올린 작은 공[1]

문종필

## 시인

박원희 시인은 12년 만에 두 번째 시집 『아버지의 귀』[2]를 들고 나왔다. 12년은 긴 시간이다. 그래서 시인의 주변을 걷고 있는 사람들은 "언제/시집 나오냐"(②: 「대략 시인」)고 재촉했는지 모른다. 그는 그럴 때마다, 덤덤하게 "시가 덜 영글어/먹기가 뭣합니다"(②: 「대략 시인」)라고 얼버무렸다.

---

1  이 제목은 소설가 조세희가 쓴 『난장이가 쏘아올린 작은 공』과 동일하다. 하지만 박원희 시인의 「쇄석에 관한 소고」에서 빌려온 것이기도 하다. 시인은 이 시에서 잘게 쪼개져 나가는 산의 모습을 자신과 동일시했다. 그 또한 잘게 쪼개져 나간 무수히 많은 난쟁이 중에 하나다.

2  이 글에서는 시인이 출간한 두 시집을 인용한다. 첫 번째 시집인 『나를 떠나면 그대가 보인다』(박원희, 『나를 떠나면 그대가 보인다』, 도서출판 고두미, 2006)와 두 번째 시집 『아버지의 귀』가 그것이다. 인용할 시에는 첫 시집을 ①로, 두 번째 시집을 ②로 표시하고 옆에 시 제목을 적는다.

그는 자신이 쓴 시를 바라보며 "상술이 시가 될 수 있는지"(②: 「상실의 계절」) 의심한다. "시가 바람이 나서 이렇게 소설처럼 말해도 되는 건지"(②: 「무제」) 걱정한다. 독자들은 이러한 시인의 발언들과 마주할 때 그의 언어가 세련된 것과 무관하다고 생각할 수 있다.

그러나 그는 부끄러움을 느낄 수 있는 시인이다. 구부러진 사회를 향해 힘 있게 소리 낼 수 있는 우직한 시인이다. 자신이 뱉은 말에 책임을 질 줄 안다. 거짓말하지 않는다. 힘들게 버틴 삶을 담담하게 그려낸다. 이러한 미덕은 우리가 '현대적인 것'이라고 생각하는 것보다 더 '현대적인 것'일 수 있다.

## 이사

그는 "세 들어"(②: 「개」) 산다. "어려운 이사를 스무 번"(②: 「이사」) 했다. 그래서 "이사간 사람들의 남겨진 흔적을"(①: 「어머니는 촛불을 켰다」) 바라보고, "어두운 곳에 쌓"(①: 「어머니는 촛불을 켰다」)인 먼지를 터는 일은 익숙하다.

이사는 커다란 일이다. 이사를 해본 사람은 안다. 시인이 '커다란 일'을 '익숙한 일'로 느끼게 된 것은 '커다란 일'이 더 이상 커다란 일로 느껴지지 않을 만큼 많은 이사를 반복했기 때문이다. 이러한 익숙함이 자연스러웠던 것일까. 그는 "흔들리고 기울다 보면 흘리고 가는 것"(①: 「벌말에서」)이 인생이라고 말한다. 이사는 어쩌면 그의 삶을 응축해 보여주는 하나의 몸짓이었는

지 모른다. 이 몸짓이 애처롭게 느껴지는 것은 '이사'하는 행위
가 더 좋은 곳을 향해 놓여 있기보단, 어쩔 수 없이 이사 '해야만'
하는 상황과 관련 있기 때문이다.

그러나 우리는 그의 삶을 함부로 재단할 수 없다. 그는 가난
하지만 가난하지 않고, 그의 마음과 주변은 따뜻한 것들로 채워
져 있다. 서로를 믿어주고, 응원해주는 온기들로 가득하다. 부
자의 조건이 '돈'이라면 그가 안쓰러워 보이겠지만, '돈'의 기준
을 허물면 그는 그 누구보다도 행복한 사람이다.


아침에 눈이 오더니 갈길 막아 오도 가도 못하던 세월이
설날을 넘기고 있다는 것을 알았다. 한 점 없는 구름이 언제
눈이 왔는가 싶더니 눈망울 파란 하늘이 동공을 달라고 쏟
아질 듯 추운 오늘 하루를 뽑아 나는 내 마음의 그늘을 던지
고 싶은데 주말마다 보는 아내에게서 전화가 울고, 오늘 실
패한 것들에 대한 넋두리를 하니 해는 지고 있더라.

마음이 없는 곳은 바라지 말라던 어머니는 풍에 병들어
전화 누르기도 꿉꿉하신지, 눈이 많이 온 날 허리 꺾인 갈대
처럼 저녁 석양에 머리 박고 있는 저윽한 내 마음을 보고 계
신지, 소리 없는 세월은 저만치 또 오늘을 보내고 저녁이면
불을 켜는 도시에서 사느니 나는 제천시 송학면 무도리 몇
번지 그늘 같은 마음을 세고 앉아 있다.

나도 불을 켜고 싶다.

춥고 눈 오는 날 눈의 숫자만큼 반딧불이의 잉태를 꿈꾸
고 싶다

아내가 첫 아이를 낳아주던 나의 지하실 셋방처럼 꿈꾸고
싶다.

아이에게 해주고 싶던 것 다 못해주고 살았지만 아이들이
기다리는 커다란 꿈을 풍선처럼 불어서 날리고 있는 것이
지금이다.

바라보지 않을수록 점점 더 커가는 것이 그리움이다.

나는 다시 밤이면 지하로 간다.

아내가 나에게 준 첫 아이의 꿈처럼

나는 어쩌지 못하고


첫 아이의 출근처럼

나는 어쩌지 못하고

— 「오늘 감상」 전문


하늘에서 눈이 내린다. 하늘에서 눈이 계속해서 내린다. 밤사
이 눈은 세상을 가득 채운다. 가족들이 함께 모일 수 있는 설날
이 코앞에 다가왔음에도 불구하고 쌓인 눈으로 인해 오도 가도
못 한다. 시인은 걸을 수 있는 보폭의 범위에서 몸을 옮기며 이
런저런 생각을 한다. 아내를 떠올리고, 어머니를 떠올리고, 지
하실 셋방에서 세상을 처음 만난 아이를 떠올린다.

주말에만 만날 수 있는 아내와 실패한 이야기를 주고받고, 어
머니는 애정을 담아 아들을 다독인다. 이런 가족들의 힘 때문일
까. 그는 자신의 상황을 무작정 흐물흐물하게 놔두지 않는다.
'난장이가 쏘아올린 작은 공'처럼 희망을 쏘아 올린다.

"아내가 첫 아이를 낳아주던 나의 지하실 셋방"에서 희망을
꿈꾸고, "아이에게 해주고 싶던 것 다 못해주고 살았지만" 아이
들이 꾸는 꿈을 넌지시 바라보며 응원한다. "아내가 나에게 준

첫 아이의 꿈처럼", "첫 아이의 출근처럼"말이다.

　그는 "가난을 달고"(②: 「습기」) 살지만 가난하지 않고, 아프지
만 아프지 않다. 그는 가난하고 아프지만 희망을 놓지 않는다.
희망을 놓지 않는 이유는 다양할 수 있겠으나, 그의 곁에는 그
누구보다도 든든한 사람들이 버티고 있다. 그렇다면 그는 어떤
삶을 살아내고 있을까.


### 병

　산다는 것은 무엇일까. 잘 산다는 것은 무엇일까. 이러한 질
문은 우리를 '지금, 여기'로 데려다준다. 잘 산다는 것이 무엇인
지 고민하는 태도는 잘 죽는 것과 관련 있다. 잘 죽는다는 것은
삶의 끝을 응시해준다는 점에서 순간의 시간을 값지게 만든다.
시인은 "저 산처럼"(②: 「석산에서」) 죽고, "저 산처럼 살자"(②: 「석산
에서」)고 다짐한다. 그가 생각하는 산의 이미지가 모든 것을 증발
시키고 사라지는 욕심 없는 대상과 닮았다는 점에서 그 또한 그
렇게 되고자 한다.

　그는 "떠돌이 영업"(②: 「창자」)을 한다. 정착하지 못하는 유목민
처럼 이곳과 저곳을 옮겨 다닌다. 누군가는 그에게 대학을 졸업
하고도 집 없이 떠돌아다니는 '룸펜' 같다고 비웃는다. 몸은 예
전 같지 않다. "이빨이 달아나려고 한다/어금니가/송곳니가/앞
을 막고 있는/대문 이빨이 달아나려고 한다"(②: 「이빨」) 자신의 잇
몸에 자리 잡은 치아가 하나둘 빠진다는 것은 서글픈 일이다.

마음껏 먹을 수 없을뿐더러, 이별만큼 아픈 치통을 매일 경험해
야 하기 때문이다. 그러나 중요한 것은 이러한 신체적인 결함이
아니다.

> 나이가 들면서 자꾸 불편해지고
> 민망해진다
>
> 돋보기와 근시경을 번갈아 쓰면서
> 보고 싶은 것들만 보이는 나이가 되어
> 편집된 세상을 하나씩 읽다가
>
> 문득
>
> 젊은 날 무시로 보던 하늘이
> 무서워졌다
> 바라볼 수 없는 세상이
> 무서워졌다
>
> 눈이 병들어 보지 못하는 줄 알았는데
> 마음이 병들어 보지 못하는 세상이
>
> 우르르르 우르르르
>
> 젊은 날의 기억처럼 몰려다니다
> 겨울 초입, 눈과 낙엽이 함께 쌓인다
>
> — 「나이」 전문

"마음이 병들어" 세상을 온전히 보지 못한다. 이러한 반성은 소중한 것이다. 마음이 아프다는 것은 대상을 바라볼 수 있지만, 느낄 수 없다는 것을 의미한다. 느끼지 못한다면 아무것도 할 수 없다. 사랑하는 사람을 곁에 두고도, 그(그녀)를 느끼지 못한다면 우리의 몸은 자연스럽게 물러난다. 아무리 몸부림쳐도 내 몸은 움직이지 않고, 녹슨 못을 뽑기 위해 노력하지만 못은 그 자리에 박혀있다.

그러나 그는 병든 자신을 객관화시켜 바라볼 수 능력이 있다. 자신을 우회해서 바라보는 행위는 병든 자신의 몸을 치유하는 것과 관련 있다. 치유되는 방식이 어떤 방식으로 진행될지는 알 수 없지만, '긍정'의 마음을 끌어안고 나가는 것은 확실해 보인다.

## 기질

시인의 이빨이 빠져나가는 것처럼 동료들도 하나씩 빠져나가기 시작한다. "고개 들다 지친/해바라기//목을" 접었고(②: 「가을, 조문」), 눈이 내리는 날 다음 열차를 기다리는 사이 "분노와 슬픔을 안고/그는 죽었다"(②: 「장형, 죽음에 부쳐」). 씁쓸한 일이다. 하지만 죽음이 그의 곁을 스쳐 지나가더라도 시인은 "꽃다발을 묶"으며(②: 「작업화를 신으며」) 주변 사람들과 함께 살아가야만 한다. 그의 몸과 마음은 예전 같지 않지만 그의 삶은 지속된다.

시집 속에서 만날 수 있는 또 다른 특징은 시인이 '한국 근현

대사'의 아픔과 동시에 걸어간다는 점이다. 뒤틀어진 세상을 향해 무관심한 것이 아니라, 자신이 할 수 있는 것들을 당당하게 해낸다. 그의 이러한 태도는 첫 시집에서 '4·3'을 노래한 젊은 시인과 큰 차이가 없다.

"밀실 안의 짐승들이 세상을 걱정한들/바뀔 리 없는 인간세상"(②: 「동물병원」)이지만 그는 바뀔 것 같지 않은 세상을 바라보면 바꿔어야 한다고 주장한다. 자연의 길은 직선이 아닌 곡선이라고 주장한다. 곡선에 담긴 여유와 인덕을 담고자 노력한다. 부조리하고 모순적인 것은 변화해야 한다고 주장한다. 4부에서 만날 수 있는 많은 시편들은 이러한 목소리를 담고 있다. 그중 「안 섰다」는 시인의 기질을 잘 보여준다.

남들은 다 세우러 들어가는데

나는
좆도 안 섰다.

남들이 다
모가지 세우고
줄 세우고
깃발 세우고

세우러 들어가는데

나는 좆도 안 섰다

열아홉 살 중앙시장에서도
나는
안 섰고

스물다섯 살
군바리
자갈마당에서도
나는 안 섰고

서른다섯 살
IMF 부도 난
북창동에서도
나는
안 섰고

마흔다섯 살
또 다른 위기
문 닫은 오정목 앞에서도
나는
안 섰다

평생을 다 세우러 들어가는데

군홧발 앞에서
줄 서기 싫었던
젊은 날처럼
지금도 난 설 수가 없다

환란의 줄기에서도
목숨을 연명하고
사기당한 한 세월이 서글퍼도
엉뚱한 길에 줄 설 수 없었다

바람이 부는 오늘의
민주주의가 실험대에 오른 날
나는 줄 서지
않는다

소경의 길처럼 멀어도
보지 않고 묵묵히 갈 수 있는
길은
줄 서지 않은 자유의 길이다

지식으로 줄 서고
권력으로 줄 서고
돈으로 줄 선

오늘도
나는 안 섰다

젊은 날
군홧발에 줄 서기 싫었던 것처럼

—「안 섰다」 전문

이 시는 시인의 시집에서 가장 정직한 언어로 쓰였는지 모른다. 시인은 자신이 걸어온 길을 거짓 없이 적는다. 이러한 떳떳함은 동료들을 뒤로한 채 "목숨을 연명"한 부끄러운 흔적과 관련 있는지 모른다.

그는 열아홉 살 중앙시장에서 안 섰고, 스물다섯 살 군바리 자갈마당에서도 안 섰다. 서른다섯 살 IMF 부도 난 북창동에서도 서지 않았다. 마흔다섯 살 오정목 앞에서도 서지 않았다. 그는 군홧발 앞에서도 줄을 서지 않았다. 민주주의가 실험대에 오른 날 줄 서지 않았다.

'선비'와 '시인'이 동일하게 호명되던 시절이 있었다. 이 시기에 그가 살았더라면 그는 선비로 불렸을 것이다. 누군가는 그를 고집 센 사람으로 간주할 수 있다. 하지만 이 고집은 아무나 흉내 낼 수 있는 것이 아니다. 정해진 "직선"(②: 「길에 대하여」)의 길만을 제시하는 지금 여기의 속도 속에서 그는 온몸으로 '직선'의 길이 문제 있음을 지적한다. 그가 이사를 여러 번 해야만 했고, 가난해야만 했던 이유를, 우리는 이러한 속사정에서 짐작할 수 있다.

## 봄날

독자들은 시인의 모습을 보며 드세다고 생각할 수 있다. 하지만 꼭 그렇지는 않다. 시인은 조심스럽게 다가가 "달래 먹어보드래요"(②: 「입춘(立春)」)라고 말할 수 있는 여유를 품고 있고, 자신의 몸을 일으킨 꽃을 향해 "마음을"(②: 「들꽃 잠자는 마을」) 달 줄도 안다. "산다는 것이 꽃바람 날리는/날만"(②: 「봄꽃 놀이」) 있겠느냐며 토닥여주기도 한다.

무엇보다도 그의 장점은 힘든 상황 속에서도 희망의 끈을 놓지 않는다는 데 있다. 희망을 꿈꾸는 것은 현실에서 이뤄질 수 없는 것이 있기 때문에 꾸는 막연한 습관이다. 하지만 이 만연함이 언젠가는 반드시 현실로 다가올 것을 믿는다. 여기서 중요한 것은 믿는 행위다. 믿는다는 것은 불가능한 현실을 가능한 것으로 바꿔주기 때문이다.

> 내일이 입춘이다
> 따뜻한 생각을 가지거라
> 아무리 추워도 따뜻한 날은 온다
> 네가 서 있는 산하가 엄동설한이어도
> 어김없이 봄날은 온다
>
> —「빙하기」부분

우리 모두 주문을 외워보자. 따뜻한 생각을 하고, 아무리 추워도 따뜻한 봄날이 온다고 믿어보자. '나'와 '당신'은 눈 내리는 혹독한 추위 앞에서 움츠러들지 말고, 반드시 봄날은 온다고 속삭여보자. 그러면 정말로 봄날은 오지 않을까. 시인의 마음에 봄이 오고, '나'와 '당신'의 마음에 봄이 오지 않을까. 따뜻한 봄 향기를 맡을 수 있지 않을까.

시인은 나도 이렇게 당당하게 서 있는데 당신도 버려야 하지 않겠느냐고 묻는다. 가난해서 옷깃을 숨길 수 없는 시인은 우리에게 희망을 끈을 놓지 말라고 당부한다. 그러니 우리 모두 힘을 내자. 눈치 보지 말고, 줄 서지 말고, 당당하게 하고 싶은 것들을 해보자. 흐린 가을 하늘 위로 작은 공을 쏘아 올리자.

文鐘珊 | 문학평론가

1 **광장으로 가는 길** | 이은봉 · 맹문재 엮음
2 **오두막 황제** | 조재훈
3 **첫눈 아침** | 이은봉
4 **어쩌다가 도둑이 되었나요** | 이봉형
5 **귀뚜라미 생포 작전** | 정원도
6 **파랑도에 빠지다** | 심인숙
7 **지붕의 등뼈** | 박승민
8 **살찐 슬픔으로 돌아다니다** | 송유미
9 **나를 두고 왔다** | 신승우
10 **거룩한 그물** | 조항록
11 **어둠의 얼굴** | 김석환
12 **영화처럼** | 최희철
13 **나는 너를 닮고** | 이선형
14 **철새의 일인칭** | 서상규
15 **죽은 물푸레나무에 대한 기억** | 권진희
16 **봄에 덧나다** | 조혜영
17 **무인 등대에서 휘파람** | 심창만
18 **물결무늬 손뼈 화석** | 이종섶
19 **맨드라미 꽃눈** | 김화정
20 **그때 나는 학교에 있었다** | 박영희
21 **달함지** | 이종수
22 **수선집 근처** | 전다형
23 **족보** | 이한걸
24 **부평 4공단 여공** | 정세훈
25 **음표들의 집** | 최기순
26 **나는 지금 운전 중** | 윤석산
27 **카페, 가난한 비** | 박석준
28 **아내의 수사법** | 권혁소
29 **그리움에는 바퀴가 달려 있다** | 김광렬
30 **올랜도 간다** | 한혜영
31 **오래된 숯가마** | 홍성운
32 **엄마, 엄마들** | 성향숙
33 **기룬 어린 양들** | 맹문재
34 **반국 노래자랑** | 정춘근

35 **여우비 간다** | 정진경
36 **목련 미용실** | 이순주
37 **세상을 박음질하다** | 정연홍
38 **나는 지금 외출 중** | 문영규
39 **안녕, 딜레마** | 정운희
40 **미안하다** | 육봉수
41 **엄마의 연애** | 유희주
42 **외포리의 갈매기** | 강 민
43 **기차 아래 사랑법** | 박관서
44 **괜찮아** | 최은묵
45 **우리집에 왜 왔니?** | 박미라
46 **달팽이 뿔** | 김준태
47 **세온도를 그리다** | 정선호
48 **너덜겅 편지** | 김 완
49 **찬란한 봄날** | 김유섭
50 **웃기는 짬뽕** | 신미균
51 **일인분이 일인분에게** | 김은정
52 **진뫼로 간다** | 김도수
53 **터무니 있다** | 오승철
54 **바람의 구문론** | 이종섶
55 **나는 나의 어머니가 되어** | 고현혜
56 **천만년이 내린다** | 유승도
57 **우포늪** | 손남숙
58 **봄들에서** | 정일남
59 **사람이나 꽃이나** | 채상근
60 **서리꽃은 왜 유리창에 피는가** | 임 윤
61 **마당 깊은 꽃집** | 이주희
62 **모래 마을에서** | 김광렬
63 **나는 소금쟁이다** | 조계숙
64 **역사를 외다** | 윤기묵
65 **돌의 연가** | 김석환
66 **숲 거울** | 차옥혜
67 **마네킹도 옷을 갈아입는다** | 정대호
68 **별자리** | 박경조

69 **눈물도 때로는 희망** | 조선남

70 **슬픈 레미콘** | 조 원

71 **여기 아닌 곳** | 조항록

72 **고래는 왜 강에서 죽었을까** | 제리안

73 **한생을 톡 토독** | 공혜경

74 **고갯길의 신화** | 김종상

75 **고개 숙인 모든 것** | 박노식

76 **너를 놓치다** | 정일관

77 **눈 뜨는 달력** | 김 선

78 **거꾸로 서서 생각합니다** | 송정섭

79 **시절을 털다** | 김금희

80 **발에 차이는 돌도 경전이다** | 김윤현

81 **성규의 집** | 정진남

82 **번함 공원에서 점을 보다** | 정선호

83 **내일은 무지개** | 김광렬

84 **빗방울 화석** | 원종태

85 **동백꽃 편지** | 김종숙

86 **달의 알리바이** | 김춘남

87 **사랑할 게 딱 하나만 있어라** | 김형미

88 **건너가는 시간** | 김황흠

89 **호박꽃 엄마** | 유순예

푸른사상 시선은 계속 발간됩니다.